À l'église, chaque dimanche c'est la fête. On peut y voir des gens qui chantent et qui dansent... Je vais vous raconter l'histoire d'un groupe de jeunes d'une assemblée chrétienne, sujet banal me direz-vous lorsque l'on pense à des jeunes calmes, sains d'esprit et de corps. Eh bien à travers ces pages vous découvrirez une toute autre réalité.

Voici une brève présentation du club des 7 : honneur aux filles ! On commence par la plus âgée Iris 21 ans, Clarissa et Mélanie 19 ans et Nelsia 17 ans. Place aux garçons avec Jeris (Jis) 21 ans, Benji (Ben) 19 ans le comique du groupe et Tyril (Tyl) 20 ans le beau gosse. Ça y est vous savez tout, en tout cas assez pour commencer l'histoire.

Tyril – Alors, bien dormi ?

Benji – Comment veux-tu que je dorme bien si tu me réveilles toutes les 5mn ? Franchement !

Les jeunes se réunissent toujours à la fin de l'église et vous savez tout aussi bien que moi qu'ils ne parlent pas de ce qu'ils viennent d'entendre. Cet intérêt de se tenir ensemble a toute son importance, cela leur permet de souffler après plus de 2h de réunion.

Benji – Il faudrait sérieusement qu'on se mette à évangéliser. Y'en a marre de voir vos têtes les filles. Il faudrait aller chercher de nouvelles âmes.

Nelsia – Tu veux dire de nouvelles filles ! Pourquoi ce que tu pèches dehors ne te suffit plus ?

Benji – Il me semble pas t'avoir demandé ton avis, je crois.

Clarissa – Bref. Qu'est-ce qu'on fait en réunion samedi.

Nelsia – Ça t'intéresse vraiment de connaître le thème de samedi. Il s'intitule « pas de sexe avant le mariage » je crois qu'il t'irait bien.

Clarissa – Pourquoi, il ne t'intéresse pas Mademoiselle « la vierge » ?

Nelsia – En tout cas moi, je ne fais pas croire à mes parents que j'étudie la bible avec mon copain pour en finir dans la chambre, si tu vois ce que je veux dire.

Tyril – On peut changer de sujet là, c'est bon on a compris.

Nelsia – Qu'est-ce qu'il y a Tyril, la vérité blesse ?

Tyril – Tu comptes nous faire ce jeu-là à chaque rencontre ?

Mélanie – Et si on faisait un débat ce samedi ce serait bien, j' sais pas moi « vivre sa foi avec les amis non croyants ».

Comme d'habitude les propositions de Mélanie retentissent comme le vent.

Benji – Ecoutez j'ai une meilleure idée ! Et si on ne faisait pas réunion tout court.

Nelsia – Il est hors de question de rester chez moi.

Benji – C'est vrai, j'oubliais certains n'ont pas d'autres plans pour couvrir leurs petites cachoteries.

Mélanie – Euh… Et si on se mettait à fond sur la réunion des jeunes peut-être qu'elle aurait plus d'intérêt. Et ça encouragerait David, c'est sûr il s'est pas s'y prendre avec nous mais si on lui montrait comment faire peut-être que la réunion serait plus attrayante.

Tyril – Tu sais David est sympa ouai mais, comment dire il n'est pas nul, le terme n'est pas approprié, il est… soporifique. Tu sais c'est comme un cours si le prof est nul, le cours est nul.

Mélanie – Mais si on s'investissait ce serait peut-être différent.

Benji – Hé c'est pas à nous à faire la réunion, c'est son taf à lui.

Mélanie – Mais justement non, si la réunion est nulle c'est parce qu'on fait en sorte qu'elle soit nulle. On est nonchalant alors que si chacun mettait du sien ce serait mieux, non ?

C'était trop beau pour durer, Mélanie devait encore se contenter du vent pour lui répondre.

2°) Le rêve brisé

John – Alors Tyril, qu'est-ce que t'as de bon à nous raconter. Je sais vous êtes jeunes et vous avez toutes vos hormones en ébullition mais c'est pas pour ça qu'il faut courir au mariage. Le mariage ça se construit, ça se réfléchit.

Clarissa – Papa laisse-le tranquille, on sait, on y réfléchit. N'est-ce pas Tyril ?

Tyril – C'est-à-dire que…

Nyrène – John arrête de les embêter… Alors ça fait combien de temps que vous êtes ensemble ?

Clarissa – 3 ans et 7 mois.

John – Tu vois Tyril c'est ça les femmes elles se rappellent de tout au détail prêt, tu n'as pas droit à l'erreur. Je te conseille de tout écrire, prend des notes de tout ce qu'elle dit parce qu'elle risque de te poser la question après et si tu réponds mal c'est la guerre.

Nyrène – Cesse de lui mettre la pression John.

Tyril – Non il ne met pas la pression Nyrène il me fait prendre conscience, c'est tout.

John – Les enfants, vous voyez… on a évité une discussion avec vous, on ne savait pas comment s'y prendre c'est assez compliqué. De notre temps, les parents n'en parlaient pas non plus.

Tyril – Ne t'inquiète pas John c'est pas la peine.

Clarissa – Ben ouai papa c'est pas la peine. Tu sais on prie et on lit la bible.

John – C'est plus dur pour un garçon Clarissa. Tyril il faudra qu'on parle d'homme à homme.

Clarissa – Papa c'est pas la peine tu vas l'embêter pour rien.

John – Pour toi ce n'est rien mais pour un garçon c'est une véritable épreuve.

Tyril – Ça ira John en plus on en parle déjà en réunion des jeunes.

Clarissa – Qu'est-ce qui ne vas pas Tyril ?

Tyril – J'ai rien mais c'est juste que j'étais gêné à table. Si ton père apprend qu'on a des relations…

Clarissa – Tu penses que c'est facile pour moi de le regarder dans les yeux et de lui mentir. Toi, t'es un garçon tu as l'habitude mais moi, sa petite fille innocente…De toute façon c'est pas grave puisqu'on va se marier, n'est-ce pas !

Tyril – Arrête de me prendre la tête avec ça.

Clarissa – C'était toi qui me prenais la tête avec ça avant, tu te rappelles ? Avant c'était moi qui étais mal à l'aise mais t'arrêtais pas de me dire qu'on se marierait et que c'était pas grave, que ça revenait au même.

Tyril – Oui mais t'étais pas contre alors ne met pas tout sur mon dos.

Clarissa – Ah tu changes de refrain maintenant c'est donc moi qui t'ai cherché, c'est moi qui t'ai demandé à sortir, qui te draguais ou te harcelais au téléphone ?

Tyril – Bon je pars tu me saoules…

Clarissa – Tu penses que c'est simple, tu t'es bien amusé avec moi et maintenant t'as fini tu passes à une autre. Mais pas avec moi, tu vas assumer jusqu'au bout.

Tyril – Clarissa je vais pas t'épouser parce que je t'ai fais perdre ta virginité. Si c'est pas la volonté de Dieu, ça va pas marcher.

Clarissa – Ah bon, c'est maintenant que tu penses à Dieu ! Pitié sors ça à d'autres. Arrête ton cinéma Tyril, ne prends pas Dieu comme prétexte.

Tyril – Écoute j'ai besoin de temps pour réfléchir.

Clarissa – Tu te moques de moi, tu veux du temps. Ne crois pas que tu vas t'en tirer comme ça, on va se marier.

Tyril – Lâche-moi tu m'énerves, je pars.

David – Bonjour à tous, alors aujourd'hui on va aborder un sujet très spécial. Nous allons parler de ce qui nous empêche de nous intéresser à Dieu. A votre avis qu'est-ce qui empêche aux jeunes de vivre pour Dieu. N'ayez pas peur de parler, c'est votre réunion sentez-vous libre de vous exprimer. Benji aurais-tu une petite idée ?

Benji – En fait c'est très simple, les trucs de Dieu c'est nul. Tandis que sans Dieu on peut faire tout ce qu'on veut, ya pas de prise de tête, on vit quoi !

David- Donc tu penses que ça ne vaut pas la peine de vivre pour Dieu. Aller à l'église tout ça ne sert à rien, c'est bien ça.

Benji – Non ça sert pas à rien. Les trucs de Dieu c'est pour les vieux. Quand tu as déjà bien vécu et que tu n'as plus rien à vivre donc tu te ranges et tu vas à l'église.

David – C'est ce que vous pensez tous ? Si vous ne parlez pas je ne peux pas savoir.

Mélanie – En fait Dieu n'est pas une religion c'est un style de vie qu'il nous aide à vivre au quotidien. Il nous donne une joie et une paix que ni les amis ou l'argent ne peuvent nous apporter. Et cette nouvelle vie, Il me donne envie de la partager avec les autres et c'est ce qui crée toute la dynamique autour de Dieu.

Benji – Merci sœur Mélanie pour ce beau message du dimanche.

Mélanie – Benji je ne fais que donner mon avis.

David - Merci à vous deux pour vos interventions. Et vous les autres qu'en pensez-vous ?

FIN DE LA RÉUNION

David – Ecoutez les jeunes ça vous dirait de faire la réunion chez l'un d'entre vous samedi prochain ?

Mélanie – Justement c'est l'anniversaire d'Iris, et si on le fêtait chez moi ?

Nelsia – Tu hallucines là, Iris ne viendra pas.

Benji – Surtout si c'est toi qui organise la soirée !

David – Eh pourquoi ne pas lui faire la surprise en débarquant chez elle. Les filles vous pourriez faire en sorte de la retenir. Enfin… c'est une idée.

Nelsia – Iris ne voudra pas, elle n'aime pas le groupe de jeunes.

David – Ben ce serait une occasion de lui montrer qu'on l'aime et qu'on pense à elle.

Benji – Alors mon pote qu'est-ce qu'il y a ? T'a l'air tout stressé. Je sais, t'as besoin de décompresser, t'évader vers de nouveaux horizons.

Tyril – Je suis pas d'humeur là.

Benji – Pas de non qui tienne, je suis ton ami et je sais ce qu'il y a de mieux pour toi. Tiens prend ça tu te sentiras mieux après, fait attention c'est ma dernière.

Tyril – Non, c'est bon pas aujourd'hui.

Benji – Tiens, tiens mais c'est mon livreur préféré !

Jéris – Ça te fait 35€. Alors Tyl, tranquille?

Tyril – J'ai pas à me plaindre.

Jéris – Alors c'est pour quand le mariage.

Tyril – Pff… On peut changer de sujet.

Benji - On parlait de quelque chose avant qu'il arrive ? Non, alors on continue avec celui-là. T'inquiète Jis il fait le modeste, ils sont aux préparatifs tout se passe bien. Je serai son témoin.

Tyril – T'es con toi ! Je vais pas me marier.

Ben&Jis – QUOI !

Jéris – Clarissa va pleurer.

Benji – Non, Clarissa va le tuer.

Jéris – Qu'est-ce qu'il y a t'as peur de la bague au doigt.

Tyril – Mes parents divorcent.

Benji – Attend c'est l'excuse que tu vas donner à Clarissa ?

Jéris – T'es vraiment con ! Écoute Tyl, t'es pas le premier ni le dernier fils de divorcé. Regarde-moi c'est dur au début mais après on se fait une raison.

Tyril – On finit dealer de drogue.

Jéris – Hé j'essaie de t'aider, je suis de ton côté.

Benji – Tyl si John et Nyrène apprennent que tu as des relations avec Clarissa, ils penseront que tu l'as forcé vu sa réputation de choriste innocente.

Jéris – Si elle tombe enceinte t'aura la corde au cou.

Benji – J'ai une idée, t'as qu'à partir pour chercher du taf là-bas et tu reviens plus.

Tyril – Je suis plus avec Clarissa. Je prie pour qu'elle le prenne bien, c'est tout.

Benji – Ah d'accord, j'ai compris ! Tu vas lui faire croire que t'es sérieux avec Dieu, pas mal.

Tyril – Laisse tomber Benji.

Jis – Bon les gars, je vous laisse à vos réflexions, je bouge. Tyl n'oublie pas mon invitation !

Tyl – Ouai c'est ça. Tchip !

Ben – Enfin, t'es un homme libre maintenant, à toi la belle vie enfin célibataire. Alors qu'est-ce que tu comptes faire ?

Tyl – Je compte me baptiser.

Ben – Quoi ! Ecoute Tyl, j'comprends en ce moment ça va pas, tes parents divorcent et c'est fini avec Clarissa… Mais tu délires là.

Tyl – J'ai accepté Dieu.

Ben – Mais on avait dit pas avant 40 ans.

Tyl – Benji arrête de faire comme si j'allais mourir.

Ben – Tyl tu as la vie qui s'ouvre devant toi, tu n'as plus à voir les filles derrière le dos de Clarissa. Pourquoi tu me fais ça ?

Tyl – Ces temps-ci je lis la bible et…

Ben – Ah OK, donc c'est passager.

Tyl – Je vois Dieu différemment maintenant. J'ai fait mon choix, j'vais vivre pour Dieu.

Ben – Mais vivre quoi, qu'est-ce qu'il y a à vivre. Tu vas à l'église, tu vas à l'église et tu vas à l'église c'est tout. Dans quoi tu vas t'embarquer là?

Tyl – Tu sais, ça fait un moment que c'est mort entre mes parents. Après 23ans de mariage mon père trompe ma mère. Et c'est là que je me suis dit que Dieu, l'église c'est que des trucs pour te faire tenir tranquille. Ma mère prie et résultat mon père lui demande le divorce.

Ben – Et où est le rapport avec toi ?

Tyl – Mais laisse-moi finir. La mort de ma sœur plus le divorce, ça m'a dégouté de Dieu. Mais je sais pas, Dieu m'a touché... Bon après je peux pas t'expliquer, bref.

Ben – Tyril tu sais pas dans quoi tu t'embarques. Ta vie est fichue.

Tyl – Au contraire Ben, enfin elle commence !

Mélanie – Salut Iris ça va ?

Iris – Ouai, qu'est-ce qui t'amène ?

Mélanie – Non rien de grave t'inquiète, c'est juste que samedi c'est ton anniversaire et je voulais savoir si t'avais prévu quelque chose ;

Iris – Je ne fête plus mon anniversaire.

Mélanie – Pourquoi ?

Iris – Parce que j'ai les anniversaires de mes deux enfants à fêter.

Mélanie – Ben justement là tu n'as rien à faire puisque c'est moi qui organise.

Iris – Non merci, laisse tomber. Et tu ferais ça en quel honneur ?

Mélanie – Comme ça fait longtemps qu'on ne te voit plus, j'pensais que ce serait bien de te voir samedi.

Iris – Pas question, je ne mets pas les pieds à l'église.

Mélanie – En fait c'est pas à l'église, t'aura pas à te déplacer ce sera chez toi.

Iris – N'insiste pas c'est pas la peine.

Mélanie – Iris je sais que t'es fâchée parce que tout le monde te critique à l'église mais pas les jeunes.

Iris – Parce qu'ils font tout bas ce que j'ai fait tout haut. Sur ce, merci pour ta visite.

Mélanie – Écoute Iris on est pas mieux que toi, on pèche tous d'une façon ou d'une autre. Certains péchés se voient comme les tiens et d'autres sont cachés mais personne ne peut prétendre être mieux qu'un tel ou un tel.

Iris – Je t'ai toujours trouvé différente, tu parles pas comme les autres, ni tes parents d'ailleurs. Mais viens rentre, restes pas dehors.

Mélanie – Tes enfants ne sont pas là ?

Iris – Non, ils sont avec leur père.

Mélanie – Bon alors c'est OK pour samedi ou pas ?

Iris – J'sais pas trop, j'ai pas trop envie de revoir les jeunes. En plus chez moi y'a pas de place.

Mélanie – Et bien on fait chez moi !

Iris – Avec tes parents certainement pas.

Mélanie – T'inquiète pas mes parents t'aiment bien, ils prient tout le temps pour toi.

Iris - Tes parents m'aiment bien ?!?

Mélanie – Ils se moquent de ce que font les autres, ils se contentent de prier. Tu sais c'est Dieu qui transforme les gens, même si tu veux changer tu ne pourras pas donc c'est à moi de prier pour toi. Mais c'est Dieu qui me pousse à prier pour toi car c'est Lui qui me donne de l'amour pour toi.

Iris – Tu parles beaucoup, je trouve. Bon je vais réfléchir mais j'te promets rien.

5°) Du changement dans l'air

Mélanie – Salut Jéris tu te rappelles de moi.

Jis – Euh… C'est pas parce que je ne viens plus à l'église que je vous ai oublié.

Mélanie – Oh fait, on fête l'anniversaire d'Iris chez moi ce soir à 20h.

Jis – Iris ? Elle est retournée à l'église.

Mélanie – Non, mais on le fête quand même ça te dit ?

Jis – Y'aura de l'alcool, des filles,…

Mélanie – Je te demande juste si tu aurais la gentillesse de venir.

Jis – C'est gentil mais j'ai rien perdu chez toi.

Mélanie – Mais c'est pour Iris.

Jis – Samedi à 20h laisse-moi réfléchir… Non.

Mélanie – OK ben si tu changes d'avis, sache que tu seras le bienvenu. Jéris, je peux te poser une question indiscrète ?

Jis – Est-ce que je te pose des questions indiscrètes, moi !

Mélanie – Sérieusement Jéris, qu'est-ce qui t'a déçu chez Dieu ?

Jis – Mélanie, tu es à fond dans les trucs de Dieu parce que tu es chez tes parents et tu n'a aucun gars qui s'intéresse à toi. Mais reviens dans quelques années et là on pourra parler.

Mélanie – Qu'est-ce qui t'a déçu chez Dieu Jéris ?

Jis – Et toi, qu'est-ce qui te plait chez Dieu ?

Mélanie – Très simple, je ne me vois pas pourrir en enfer.

Jis – Qui te prouve que l'enfer et le paradis existent, c'est que des histoires à tenir tranquille.

Mélanie – Donc selon toi, on meurt et c'est tout. Bof, j'aime pas trop ta fin, je préfère la mienne : je meurs et après le paradis, c'est mieux et ça me donne de l'espoir.

Jis – Qui te dit que tu iras au paradis ?

Mélanie – Dieu ne fais pas les choses à moitié. Lorsqu'il commence quelque chose il ne le laisse pas tomber en chemin.

Jis – Tu parlais pas autant avant.

Mélanie – Ouai, mais maintenant je sais de quoi je parles.

Jis – Eh bien tout ça c'est bien jolie. Mais comme je t'ai dit, plus de papa et maman pour te surveiller et un petit copain… et on verra si tout ça tiens la route.

Mélanie – Eh bien prie pour moi afin que ça tienne la route.

Jis – Tu as réponse à tout. Mais là je suis pressé, je vais voir ailleurs si je trouve mieux. Bye

----

Joyeux anniversaire, joyeux anniversaire, joyeux anniversaire Iris, …

Nelsia – Enfin te revoilà. Tu sais je m'ennuie depuis ton départ, entre Mélissa la prêcheuse et Clarissa l'amoureuse, pff… c'est vraiment nul.

Iris – Ouai mais je suis pas de retour, je suis venue juste comme ça. En tout cas merci beaucoup Mélanie tu peux pas savoir comme ça me touche.

Mélanie – T'inquiète ça me fait plaisir. Ah oui j'oubliais, à partir de demain on commence un marathon d'évangélisation. Ça te dirait de venir ?

Iris – Là t'exagère. C'est pas parce que je suis venue ce soir que ça veut dire que je suis de retour.

Mélanie – Non, non… C'était juste pour t'inviter, après c'est comme tu veux, je ne te force pas.

Iris – Non ça ne me dit rien. Bon c'est pas que je m'ennuie mais il se fait tard et les enfants sont fatigués mais en tout cas merci encore pour tout le mal que tu t'es donné.

Mélanie – De rien ça nous a tous fait plaisir de te revoir.

Clarissa – Tyril tu fais quoi après ?

Tyl – Je vais chez Benji on doit faire un truc.

Clarissa – Quel truc ?

Tyl – Mais ça te regarde pas Clarissa.

Clarissa – Tu n'as rien trouvé d'autre comme excuse. Si tu veux pas être avec moi tu n'as qu'à me le dire c'est tout.

Tyl – Clarissa t'es toujours là pour me prendre la tête. Tu veux qu'on se dispute là ?

Clarissa – Tyril je voulais juste qu'on se voit après l'anniversaire si tu ne veux pas, t'as qu'à me le dire franchement.

Tyl – Mais ça sert à rien qu'on passe du temps ensemble, ça va plus entre nous. Pff… Je me demande pourquoi on continue à rester ensemble…

Clarissa – Qu'est-ce que ça veut dire ?

Tyl – J'ai plus envie de continuer, c'est bon.

Clarissa – Donc c'est tout, après plus de 3 ans ensemble c'est tout ce que tu trouves à me dire.

Tyl – Clarissa je ne peux pas te donner ce que tu attends de moi.

Clarissa – Et c'est maintenant que tu y penses.

Tyl – Mieux vaut maintenant plutôt que je te le dise après le mariage.

Clarissa – Si tu crois que tu vas t'en tirer comme ça... Tu vas le regretter, je te promets.

Tyl – Clarissa, honnêtement je ne voulais pas te faire souffrir. Mais tu préfères qu'on se marie et que je te fasse souffrir. Tu trouveras bien un autre gars qui, lui, te rendra heureuse.

Clarissa – Écoute-moi bien Tyril : toi et ton baratin à dormir debout, allez vous faire voir.

Tyl – Benji c'est bon, Clarissa et moi c'est bien terminé.

Ben – Pff... Ça change rien puisque monsieur va se baptiser.

Tyl – Ouai mais tu pourrais faire un effort pour m'encourager.

Ben – T'encourager, moi, va voir Mélanie pour ça. Mais t'inquiète tu n'auras plus de mauvaise influence. Tu pourras te concentré sur Dieu, je pars.

Tyl – Déjà, il est que 22h.

Ben – Je pars à Paname, le pater m'envoie chez mon frère pour tafer avec lui. Tchip !

Tyl – Mais oui moi aussi je pars.

Ben – Tyril, j'ai l'air de rigoler ? Je pars dans deux semaines.

Tyl – Quoi ! Mais qu'est-ce que t'as encore fait Benji ?

Ben – Rien justement. Donc le pater m'envoie faire quelque chose.

Tyl – Je t'avais dit d'aller chercher du travail fainéant.

Ben – Mais c'est pas plus mal, j'en ai marre de rester ici.

Tyl – Benji à Paname !

Ben – Eh ouai mon pote la vie change, les gens changent. Toi dans ton truc de Dieu et moi à Paname.

Jis – Alors les gars, on fait la fête sans moi?

Ben & Tyl – Jéris !

Ben – Tu t'es perdu mon frère ?

Jis – Non, non on m'a aussi invité.

Tyl – Mais t'as raté Iris, elle vient juste de partir.

Jis – Mais non, c'est la fille du Seigneur qui m'a invité.

Ben – Mélanie ! Jis tu t'intéresse à… Mélanie ?

Jis – Benji, qui dit fête, dit manger gratuitement.

Ben – Ouf, tu m'as fait peur ! Allez ce soir on fête mon départ. Sans alcool, mais avec mes 2 amis, mes frères, vous allez me manquer.

Jis – Pense à solder ton crédit avant de partir.

Ben – Mais tu n'as aucune compassion pour ton frère qui part ?

Jis – Tu crois que l'herbe pousse avec de la compassion ?

Tyl – Vous n'allez pas vous disputez pour si peu. Allez on porte un toast : à un nouveau départ… pour une nouvelle vie.

6°) Trucs de filles

David – Alors les jeunes, j'espère que vous avez passé une bonne semaine. Aujourd'hui nous parlerons de l'amour, Dieu nous demande de nous aimer, nous supporter. Mais est-ce réellement possible ?

Clarissa – On ne peut pas aimer quelqu'un qui nous a fait du mal.

Ben – On sent du vécu dans ce que tu viens de dire, n'est-ce pas.

Clarissa – Mêle-toi de tes affaires !

David – On se calme. Lorsque quelqu'un nous fait du mal Dieu nous demande de pardonner. Mais c'est impossible de nous-mêmes! Seul Dieu peut stopper notre hémorragie et faire que notre cœur ne saigne plus. Mais il nous faut lui demander.

Clarissa – Tout ça, ce sont que de belles paroles.

David – Tu as raison le vivre est plus difficile. Mais devons-nous rester dans la haine et continuer de souffrir, ou prier Dieu qu'il guérisse notre cœur pour passer à autre chose ?

Clarissa – C'est trop facile pour celui qui a causé du mal à l'autre…

Ben – On pourrait arrêter de parler en parabole, tout le monde ne comprends. Donne-nous plus d'information Clarissa.

Nelsia – La ferme Ben, c'est bon.

David – Vous savez moins on résiste à Dieu et plus le changement s'opère vite. Voulez-vous que l'on prie afin que Dieu mette en nous le désir de pardonner et qu'il change nos haines ou amertumes en amour ?

Mélanie – Salut Iris, j'pensais que tu serais venue aujourd'hui.

Iris – Ma mère ne pouvait pas garder les enfants, alors comment c'était ?

Mélanie – Bizarre. Je crois que Tyril et Clarissa ne sont plus ensemble.

Iris – Ça ne m'étonne pas. Et comment était Clarissa ?

Mélanie – Aigri, je crois. La pauvre, elle qui croyait qu'ils allaient se marier.

Iris – Je ne crois pas que Tyril pensait au mariage. C'était la seule façon de profiter de Clarissa. Tu sais avant Clarissa était pratiquement comme toi. À fond sur Dieu, Nelsia et moi, on ne la supportait pas.

Mél – Clarissa ! Je ne me rappelle pas d'elle comme ça.

Iris – Eh oui l'amour change les gens changent. Mais je passerai la voir, ça fait longtemps qu'on n'a pas eu une discussion entre filles.

- -

Iris – Salut Clarissa, comment ça va ?

Clarissa - Ça va. Ça fait un moment que t'es pas venue à la maison.

Iris – Ouai, c'est vrai ça fait un p'tit moment. Oh fait, j'ai appris pour Tyl et toi?

Clarissa – Oui Tyril c'est du passé.

Iris – Tu as l'air de bien le prendre. T'as quelqu'un d'autre ?

Clarissa - Je sais pas trop, c'est en cours.

Iris – Fais attention, ne te fais pas trop de film cette fois-ci.

Clarissa – T'inquiète, je ne vais pas m'attacher trop vite. En fait vous aviez raison Nelsia et toi, il ne faut pas faire confiance aux gars.

Iris – Pff… C'est lorsqu'on a été déçu qu'on parle comme ça. Tu sais, si je pouvais, j'aimerais bien avoir quelque chose de sérieux. Et si ça ne marche pas avec le nouveau ?

Clarissa – Je ne sais pas… J'y pense pas trop là.

Iris – Je vais te dire la suite. Si ça ne marche pas avec lui tu finiras comme Nelsia et moi.

Clarissa – N'importe quoi !

Iris – On a commencé comme toi, déçue par le grand amour. Puis on essaie avec un autre, et encore un autre. Et à force de commencer de nouvelles histoires voilà le résultat.

Clarissa – Avec lui j'ai l'impression que ce sera différent. Il est sérieux, il sait ce qu'il veut.

Iris – Tous les mecs ont l'air sérieux au début. Tu as l'air d'oublier Tyril.

Clarissa – De toute façon je ne vais pas rester seule.

Iris – Donc tu sautes sur le premier venu ?

Clarissa – Je le connaissais déjà, il attendait juste que je ne sois plus avec Tyril.

Iris – Donc tu avais déjà ta roue de secours.

Clarissa – Il est plus sérieux que Tyril, il cherche une vraie relation.

Iris – Tu vois, tu t'emballes déjà.

Clarissa – J'ai le droit de rêver comme tout le monde.

Iris – Et maintenant la question qui tue… il a accepté Christ ?

Clarissa – Justement il souhaite venir à l'église.

Iris – Comme tous ceux qui veulent se caser avec une fille en religion.

Clarissa – Pour répondre à ta question, il allait déjà à l'église.

Iris – Donc il y retourne pour toi, si je comprends bien.

Clarissa – Qu'est-ce que tu cherches à me montrer ?

Iris – Juste à prendre tes précautions. L'amour rend aveugle, je ne t'apprends rien.

Clarissa – Iris, tu as eu tes propres expériences mais je n'aurai pas forcément les mêmes.

Iris – Qu'est-ce qui te fais dire ça ? Tu ne sais même pas si ça marchera avec lui.

Clarissa – Ben si je n'essaie pas, je ne saurai pas.

Iris – Demande à Dieu un signe pour savoir si c'est lui.

Clarissa – C'est bien ce que je me disais, Mélanie a déteint sur toi. Iris, c'est bien que tu sois retournée à l'église. Mais il y a un détail que tu oublies ?

Iris – Quel détail ?

Clarissa – Ça ne te manquera pas…

Iris – Quoi ? De quoi tu parles ?

Clarissa – Ben tu sais… les plaisirs avec un homme.

Iris – C'est difficile à croire mais j'y pense pas trop ces temps-ci.

Clarissa – Comme tu dis ces temps-ci mais après, ça reste à voir.

Iris – C'est vrai, t'as raison. Tu sais comment Mélanie fais pour ne pas craquer ?

Clarissa – Euh… c'est très simple, elle n'a pas de copain et c'est sûr qu'elle ne pense pas à ça, c'est pas du tout son style. Elle finira bonne sœur de toute façon.

Iris – C'est ce que je croyais jusqu'à ce qu'on en parle, t'imagine Mélanie parler de ça ? J'ai failli m'évanouir !

Clarissa – Qu'est-ce qu'elle peut bien te raconter puisqu'elle n'y connait rien.

Iris – Elle m'a dit que tant qu'elle vit pleinement pour Dieu, ça ne lui traverse pas l'esprit. Mais dès qu'elle est démotivée ou découragée, elle y repense.

Clarissa – Conclusion ?

Iris – J'ai pas envie d'accepter Christ et de rester sur moi à ne rien faire. J'vais m'ennuyer et ça va pas le faire.

Clarissa – T'es drôle toi, qu'est-ce que tu veux faire ?

Iris – Je sais pas moi, il doit bien y avoir des trucs à faire. Tout d'abord, j'vais faire des réunions chez moi pour que mes friends puissent venir.

Clarissa – Tu sais, on est toujours motivé au début, on sens qu'on peut changer le monde.

Iris – C'est pour ça que si je rentre dans la routine d'église je vais craquer. En plus tu m'aideras, donc je ne m'inquiète pas.

Clarissa – Non, non, ma chérie j'ai une autre relation à gérer.

Iris – Ok, je te propose un deal. Tu laisses ton amoureux construire une relation solide avec Dieu et en attendant tu fonctionnes avec moi. Et après tu pourras courir dans ses bras.

Clarissa – Tu sais ma relation avec Dieu est au point mort en ce moment. Je ne pense pas…

Iris – Justement tu as besoin d'un bon remontant.

Clarissa – Je sens que je vais le regretter…

Iris – Mais non t'inquiète, tu verras, on ne s'ennuiera pas !

7°) Entre hommes

Tyl – Bon ben voilà plus de Benji, plus que 2 gars dans le groupe.

Jis – Quel groupe ? Je ne fais partie de votre groupe, moi.

Tyl - Pour le moment. Là t'es en mode réflexion mais on retourne tous à la case départ.

Jis – Ton baptême te monte à la tête. Attention si ça continue, t'es pas loin de finir pasteur.

Tyl – Et pourquoi pas ! Mais non je rigole.

Jis - Tu sais Tyl qui dit baptême, dit plus de péchés, plus de plaisirs, plus de vie.

Tyl – Pff… Le baptême montre juste mon engagement avec Dieu, mais j'ai déjà fait mon choix. C'est juste une confirmation.

Jis – C'est bien beau tout ça mais les filles, tu ne comptes plus… tu vois de quoi je parle.

Tyl – Ben c'est ce qui me stresse en fait.

Jis – Hé oui t'es un mec, mon frère. On peut pas vivre sans ça.

Tyl – Pour le moment ça va, je tiens le coup.

Jis – Mais pourquoi tenir le coups alors que c'est Dieu qui a créé le sexe, c'est bien pour en profiter, non ?

Tyl – Ecoute, pour le moment j'y pense pas trop après je verrai.

Jis – Fais gaffe à ne pas tourner. Tu sais le sexe c'est ce qui fait de toi un vrai mec.

Tyl – C'est bizarre, je ne me sens pas moins mec qu'avant.

Jis – Fais attention tu risques de perdre ta virilité. Moi j'te dis, cette histoire de baptême c'est pas une bonne chose.

Tyl – T'as raison c'est pas une bonne chose, c'est la meilleure chose.

Jis – Tu sais, les gens sont toujours chauds au début mais ils refroidissent très vite.

Tyl – Ben justement, si tu me soutiens ça devrait aller.

Jis – Dès que vous êtes dans vos trucs de Dieu vous avez réponse à tout. Mais je vais pas te suivre dans ça.

Tyl – Non, t'auras qu'à me regarder rentrer et sortir de l'eau, c'est tout.

Jis – T'es malade ! J'ai rien perdu là.

Tyl – Jéris t'es comme un frère pour moi, tu peux pas rater ça.

Jis – Justement quand tu regretteras, je serai là pour toi.

Tyl – Moi, je serai là pour ton baptême alors tu peux faire un effort pour moi.

Jis – Tu rêves debout Tyril ! Je vais pas m'assoir parmi ces hypocrites.

Tyl – Qui te parle de t'assoir, pour tout ce qu'il y a à faire dehors, on ne peut pas s'assoir.

Jis – C'est ça, joue sur les mots. Je ne retournerai pas à l'église.

Tyl – Pourquoi tu t'occupes des gens, laisse-les vivre. Regarde plutôt à toi, à ta vie avec Dieu.

Jis – Eux, ils se permettent bien de juger les autres.

Tyl – Mais c'est normal quand on a rien à faire, faut bien trouver une occupation.

Jis – C'est facile pour toi, on ne te critique pas.

Tyl – Ben viens au groupe des jeunes là on ne te jugera pas.

Jis – Mais non, faut que je mette ma vie en règle avant.

Tyl – C'est pas dans cet ordre que ça se passe mon frère. D'abord cherche à connaître Dieu. Et c'est Lui qui va faire les changements.

Jis – Tu parles beaucoup, je trouve.

Tyl – C'est normal puisque tu écoutes, c'est que ça t'intéresse.

Jis – Pff… n'importe quoi ! Tu crois que tu peux convaincre les gens comme ça.

Tyl – Non mec, c'est Dieu qui convainc. Moi je fais mon job, je sème.

David - Vous pouvez rentrer, nous allons commencer. Mais juste avant, comment vivez-vous le départ de Benji ?

Nelsia – Très bien, il n'est pas indispensable de toute façon.

Mélanie – Moi, il va vraiment me maquer. C'était lui, le comique du groupe.

Iris – Connaissant Benji, il reviendra aussi vite qu'il est parti ce gros fainéant.

David – OK je vois. Aujourd'hui j'aimerais faire le point avec chacun d'entre vous, un petit bilan pour prendre votre température avec Dieu et connaître vos motivations ou pas. Alors qui commence ?

Tyl – Je vais commencer. Ben… Je continue à m'intéresser à Dieu pour le moment. Je ne l'avais pas encore annoncé mais je compte me baptiser. Et je tiens à demander pardon à Clarissa devant vous, je sais que c'est pas suffisant mais…

Clarissa – C'est bon, j'ai tourné la page. Tu n'es pas irremplaçable, tu sais.

David – C'est très bien que vous en parliez, je ne voulais pas que vos problèmes impactent le groupe. Si vous vous êtes pardonnés, tant mieux. Alors qui poursuit ?

Iris – Moi, je suis très contente d'être avec vous. J'ai pu enfin trouver ma place. Je tiens vraiment à remercier Mélanie de m'avoir « harcelé ». Je sais que ça ne va pas être facile pour moi mais je compte sur vous et surtout sur Dieu bien-sûr.

Mélanie – Pour ma part je suis hyper contente que vous m'acceptiez enfin. J'ai des projets plein la tête pour le groupe. J'espère que Dieu gardera ma motivation.

David – Moi aussi d'ailleurs. Et vous, Clarissa et Nelsia ?

Clarissa – J'aimerais bien parler comme vous mais ce n'est pas le cas. Je ne donnerai pas plus de détails mais ma relation avec Dieu est au point mort.

Nelsia – Quant à moi, je ne suis pas encore prête. Les trucs de Dieu, ça ne m'intéresse pas pour le moment.

David – C'est très bien que vous soyez franches. Vous savez c'est Dieu qui conquière les cœurs. En attendant je prierai pour vous afin que vous le laissiez faire sans résister. Quant à vous trois, 3 règles d'or : soyez toujours humbles et ne jugez jamais les autres ; ne mettez jamais Dieu en co-pilote, donnez-Lui le contrôle sur toute votre vie ; ayez qu'une seule star dans votre vie : Jésus-Christ. Et n'oubliez pas, si vous vous ne prenez pas plaisir en Christ, vous chercherez toujours les plaisirs de la société. Sans plaisir votre vie sera grise et insipide or, Christ est un cocktail explosif de couleurs, pensez toujours à ça. Je vous encourage tous à « vivre » Dieu. Prions.

Jéris – Bonsoir tout le monde.

Tyl – Tu t'es perdu mon frère !

Jéris – J'avais rien à faire.

David – Sois le bienvenue Jéris. Viens, ne reste pas au loin. Comment vas-tu ?

Jéris – Tranquil. Continuez, faites comme si j'étais pas là, j'écoute.

David – Ça fait plaisir de te voir. Nous étions sur le point de prier.

Jéris – Eh bien, priez, ne vous gênez pas.

David – Est-ce qu'on peut se tenir la main. Je souhaite que le lien d'amitié que vous avez entre vous ne se brise jamais quel que soit les voies que vous emprunterez. Priez toujours les uns pour les autres et surtout n'arrêtez pas de vous aimer et de vous le montrer car l'amour fait fondre les barrières et ramène les perdus. Merci Jésus. Prions !

Loi n°49-956 du 16 juillet 1949 sur les publications destinées à la jeunesse, modifiée par la loi n°2011-525 du 17 mai 2011.

© 2018, Sabrina, Bolivar
Edition : Books on Demand,
12/14 rond-Point des Champs-Elysées, 75008 Paris
Impression : BoD - Books on Demand, Norderstedt, Allemagne
ISBN : 9782322145379
Dépôt légal : juillet 2018